LES AMOURS

DE

HENRI IV ET GABRIELLE,

OU

LA BATAILLE D'IVRY.

LES AMOURS

DE

HENRI IV ET GABRIELLE,

OU

LA BATAILLE D'IVRY,

BALLET HÉROÏQUE EN TROIS ACTES,
précédé
D'UN PROLOGUE SERVANT D'INTRODUCTION ;

Composé par Mr. ROGER, Maître des Ballets du
Grand Théâtre de Marseille ;

Représenté pour la première fois, sur ce Théâtre,
le 23 Mai 1816.

MARSEILLE,
Chez ANTOINE RICARD, Imprimeur du ROI et de la
Ville, rue Paradis, n° 31.

1816.

NOTE PRÉLIMINAIRE.

Dès la première restauration, c'est-à-dire, lorsque, pour la première fois, la France eut le bonheur de voir l'héritage de ses Rois rentrer en des mains légitimes, je m'imposai la tâche que je remplis aujourd'hui. Déjà même j'avais pu m'occuper des divers détails, dont l'action de mon ballet devait être fournie ; mais de nouveaux roubles vinrent m'arrêter. Le génie de ma patrie les a dissipés ; et je profite avec d'autant plus d'empressement de cette occasion que j'ai de livrer à la publicité ma nouvelle production, que je l'abandonne à l'équité d'un public judicieux, dont les vraies connaissances et le goût éclairé m'assurent indulgence et protection.

J'ai senti toute l'importance du sujet que j'avais à traiter. Trop faible, hélas ! pour donner à mes tableaux le ton et le caractère convenables, j'ai cherché, autant qu'il était en moi, à les animer par la grâce et la variété. Puisse cette faible esquisse de l'une des particularités de la vie d'un grand Roi, se soutenir à la faveur de l'amour qu'on porte au héros, et me mériter les suffrages des braves Marseillais à qui je la dédie, et dont l'approbation sera ma plus chère, comme ma plus douce recompense !

Roger.

ARGUMENT.

En Mars 1590, époque où Henri IV assiégeait Dreux, il eut avis que le duc de Mayenne, Chef de la Ligue, renforcé des Espagnols, venait au secours de cette place. Sur ce, le Roi fait assembler ses officiers, et leur dit avec beaucoup de gaîté: « MM., » nous levons le siège; mais je crois qu'il » n'est pas honteux de le faire, pour livrer » une bataille. » Il alla de là loger à *Nonencour*, où il communiqua aux officiers-généraux le plan de la bataille: ceux-ci le trouvèrent si beau et dressé avec tant d'habileté, que tous jugèrent qu'il n'y avait rien à changer.

C'est à *Nonencour*, sous la tente du Roi, au moment où ce prince fait connaître le plan de la bataille, que commence l'action de ce Ballet.

Dans ce corps d'armée et à cette bataille, Henri n'avait sous ses ordres que huit mille fantassins, deux mille chevaux et trois cents gentilhommes de Picardie, sous le commandement de Mr. d'Humières, qui n'arrivèrent que vers le milieu du combat. Son artillerie consistait en quatre pièces de canon et deux couleuvrines.

L'armée du duc de Mayenne, au contraire, était de treize mille hommes d'infanterie, quatre mille cavaliers, et quatre canons.

Dans cette mémorable journée, les Ligueurs perdirent, au moins, 3400 hommes, sans y comprendre les fuyards qui se noyèrent en passant l'Eure : il n'y eut, au plus, que 500 hommes de tués du côté du Roi.

Le souvenir de cette belle victoire fut consacré par une médaille frappée à la gloire de Henri IV. D'un côté est son buste avec cette légende : *Henricus IV Franc. et Navar. Rex Christianissimus* : au revers est un trophée d'armes avec cette inscription : *Victoria Yvriaca.*

PERSONNAGES DU PROLOGUE.

L'Amour,	Mlle. Eliza GUILLERMAIN.
La Haine,	Mr. GILBERT.
La Discorde,	Mr. BOUCHE.
La Fureur,	Mr. MARION.
Bergers,	{ Mr. PETIPA. Mr. ACHILLE.
Bergères,	{ Mlle. BLONDIN cadette. Mlle. BLONDIN aînée. Mlle. Eliza TAYAUX.

Mrs. et Mmes. du Corps de Ballet.

Troupe d'Amours.

Démons,   Mrs. du Ballet.

LES AMOURS

DE HENRI IV ET GABRIELLE,

OU

LA BATAILLE D'IVRY.

PROLOGUE.

Le Théâtre représente un paysage agréable. Le fond de la Scène est occupé par une montagne percée, au travers de laquelle on apperçoit des bois et des prairies. A droite du Théâtre, près de l'avant-scène, on voit une statue de l'Amour.

UNE troupe de jeunes bergers et bergères paraît sur différents points de la montagne.

Ils portent des couronnes et guirlandes de roses qu'ils viennent offrir à l'Amour. Après plusieurs danses légères, ils invoquent ce dieu qui se rend à leurs vœux, et descend dans une gloire ; il est entouré de plusieurs amours. A sa vue, tous les bergers se prosternent ; l'Amour

les relève et les unit. Il se place à l'entrée de
son temple, et tous accourent à ses pieds se
jurer amour et fidélité ; ils témoignent ensuite
leur alégresse par des danses.

Bientôt le ciel s'obscurcit ; des éclairs le sil-
lonnent de toutes parts ; le tonnerre gronde,
la foudre tombe avec fracas ; au même instant
la terre s'entr'ouvre : il en sort trois divinités
infernales. Les bergers épouvantés fuyent de
tous côtés : l'Amour, d'un seul regard, calme
la fureur de ces monstres qui tombent à ses
pieds, et implorent sa clémene.

La Discorde agite son flambeau, et le temple
de l'Amour disparaît. Le fond du Théâtre représente une scène animée : le principal tableau
offre au spectateur le Roi Henri endormi sur un
bloc de pierre, sur lequel on lit ces mots :
Tout pour mon Peuple et pour l'Honneur. De
petits amours conduisent auprès de lui une jeune
Nymphe : l'Amour prend doucement la main du
Roi, et la place sur le cœur de la Nymphe.
Henri que ce rêve agite, retire sa main, et se
réveille peu à peu, pendant que les songes
disparaissent.

Le Roi donne des ordres à plusieurs officiers
qui sortent aussitôt : quelques-uns sont chargés
de dépêches.

L'Amour, irrité de voir Henri mépriser son

culte, jure d'en tirer une prompte vengeance ;
il menace le Prince.

Le tableau cesse. Un rocher sort de terre :
on y lit ces mots, écrits en lettres de feu :

Henri, le plus grand des guerriers !
L'amour, quelques momens, flétrira tes lauriers.

Les Furies, transportées d'alégresse, agitent
leurs torches. A l'instant, sort des entrailles de
la terre un essaim de démons qui témoignent
leur joie barbare par des danses infernales, à
la suite desquelles ils forment plusieurs groupes
qui bientôt s'abîment dans des gouffres ardens,
tandis que l'Amour, pour aller accomplir ses
destins, s'élève en décrivant une ligne oblique,
et se perd dans les airs.

Fin du Prologue.

PERSONNAGES DU BALLET.

Henri IV, roi de France,
armé contre la Ligue,   Mr. ROGER.

Le Duc de Sulli,   Mr. BAUBET.

Le Comte Mornay,   Mr. GILBERT.

Le Maréchal de Biron,   Mr. DUMONTET.

Le Maréchal d'Aumont,   Mr. HENRI.

Officiers du Roi,   { Mr. PETIPA.
                             { Mr. ACHILLE.

Gabrielle d'Estrées, *fille du
seigneur de Cœuvres*,   Mlle. LESUEUR.

Deux dames et amies   { Mlle. BLONDIN cad.
de Gabrielle,   { Mlle. BLONDIN aîn.

Une jeune paysanne,   Mlle. MESSY.

Paysans et Paysannes, Mrs. et Mmes. du Ballet.

Soldats Français , *Artillerie et Infanterie.*

BALLET.

ACTE PREMIER.

Le Théâtre représente un camp dans lequel on voit des pièces d'artillerie, des faisceaux d'armes. Des tentes garnissent le fond de la scène. Plusieurs sentinelles sont posées près de la tente de Henri, qui occupe la première coulisse à droite du spectateur.

———◆———

Henri et ses généraux sont assis sous sa tente. Henri parcourt une carte de géographie, et donne ainsi le plan de la bataille qu'il veut livrer ; il fait écrire plusieurs ordres qu'il signe après les avoir lus. Sur un appel, chaque sentinelle qui entourait la tente, fait un demi-tour pour se trouver en face du Roi qui leur fait remettre ses dépêches ; chaque soldat part sur divers points, chargé de ses ordonnances ; deux sentinelles restent aux côtés de la tente.

Une fanfare se fait entendre dans l'éloignement. Le son des cors et des trompettes annonce un tournois.

Sur une musique légère et animée, défilent plusieurs jeunes guerriers qui viennent solliciter la grâce de signaler leur adresse en présence du Roi. Henri leur accorde cette faveur.

Les soldats avec leurs lances forment aussitôt
une lice, qui ne s'ouvre que pour les combat-
tans. Le vainqueur est accueilli par le Monar-
que. Plusieurs villageois et villageoises accourent
pour jouir de la vue de Henri. Ils apportent des
rafraîchissemens aux soldats; l'un d'eux prie Sa
Majesté de vouloir bien apposer sa signature à
son contrat de mariage, et pour l'y engager, il
lui présente sa future. Le Roi signe au contrat,
et donne une bourse d'argent aux deux amans
qui le comblent de bénédictions, et lui deman-
dent la permission de danser. Le divertissement est interrompu par le son du cor, qui
annonce les préparatifs d'une chasse. Plusieurs
Piqueurs traversent le Théâtre; le Roi quitte la
scène, ainsi que la suite : après s'être divisés,
les paysans sortent du même côté.

Le Théâtre change à vue, et représente une épaisse forêt;
on apperçoit dans le fond, sur la gauche, un château:
c'est celui qu'habite Gabrielle d'Estrées.

L'Amour descend dans la même gloire qui
l'a enlevé, et paraît choisir ce lieu pour accomplir son projet. Il se fait apporter par deux
Amours, un habit, une toque et une ceinture,

pour se vêtir en page, tandis que deux autres lui présentent un miroir devant lequel il s'habille, joue et danse avec son nouveau costume. Il tire de son carquois deux flèches qu'il cache sous ses vêtemens; il fait aussi habiller en page quatre de ses camarades qui viennent se réunir à lui; et après avoir commandé aux Elémens, ils se retirent.

Les Cors-de-chasses, les Piqueurs et plusieurs détachemens de la suite de Sa Majesté traversent la forêt. Mais par le pouvoir de l'Amour, bientôt le jour le plus brillant fait place à la nuit la plus obscure; la scène, par intervalle, n'est éclairée que par le feu du Ciel; plusieurs Piqueurs égarés sont errans dans la forêt; ils cherchent le point de ralliement, lorsqu'un coup de tonnerre les épouvante et leur fait prendre la fuite; l'un d'eux laisse tomber son cor : l'Amour s'en empare, et voyant venir le Roi, disparaît aussitôt.

Henri, seul, ne sachant de quel côté diriger ses pas, cherche un abri contre la tempête, et se réfugie sous le feuillage d'un maronnier.

L'Amour dans l'éloignement donne du cor; le Roi répond, et bientôt le dieu paraît, suivi de quatre des siens, portant des torches allumées.

Ils se présentent à Henri, comme envoyés de Gabrielle, pour offrir un asile aux chasseurs égarés.

Le Roi à qui cette livrée est inconnue, consent à les suivre, autant par curiosité, que par né-cessité.

L'Amour se fait précéder par ses camarades et témoigne sa satisfation ; il présente la main à Henri, en même tems qu'il le menace, sans être vu du Roi ; ils sortent.

Fin du premier Acte.

ACTE SECOND.

Le Théâtre représente une salle gothique du château habité par Gabrielle. Le fond doit être disposé de manière à pouvoir recevoir un tableau. Plusieurs fauteuils sont à droite du spectateur.

UNE troupe de paysans est occupée à former des bouquets; d'autres disposent l'appartement pour une fête. Gabrielle, placée devant un chevalet, tient une palette et des pinceaux. Elle paraît achever le portrait du Seigneur de Cœuvres, son père. Le tableau est entouré d'une légende, portant ces mots: *Au retour du meilleur des pères.* Trois jeunes dames, amies de Gabrielle et invitées à la fête qu'elle prépare pour son père, sont occupées à tresser des guirlandes et former une couronne, pour orner le tableau que Gabrielle vient d'achever. Tous s'aident à le mettre en place. Gabrielle veut faire répéter le divertissement qu'elle a ordonné. Déjà la marche en est commencée, lorsqu'un bruit se fait entendre. Un domestique annonce un jeune page désirant parler à madame. Gabrielle fait éloigner les paysans, et l'Amour est introduit; il s'annonce comme page du Roi Henri, qui

2

s'étant égaré à la chasse, a été forcé par le mauvais tems à venir demander l'hospitalité.

Gabrielle rend grâces au hasard qui lui procure l'honneur de recevoir Henri. Elle profite de cette occasion pour lui faire hommage de la fête qu'elle a préparée pour son père, croyant que le Seigneur d'Estrées ne pourra que l'en féliciter.

Henri, précédé de quatre pages, conduit par l'Amour, est présenté à Gabrielle et à ses amies. Les pages s'empressent de lui ôter son manteau de chasse, son chapeau et son épée. L'Amour conduit le Roi et Gabrielle près des fauteuils, où ils prennent place. Plusieurs jeunes paysannes viennent présenter à Henri des fruits et des rafraîchissements, et charment son repos par des danses.

L'Amour n'ayant point encore atteint le but qu'il se propose, prend une couronne de lauriers qu'il remet à Gabrielle, pour la poser sur la tête du héros. Henri, toujours modeste, s'y refuse ; mais l'Amour le prend par le bras, le fait approcher, et lui tirant la jambe en appuyant dessus, le force à fléchir le genou devant la beauté qui le couronne. L'Amour qui se trouve aussi grand que le Roi à genoux, profite de l'instant, tire une flèche cachée sous son habit, et le blesse au cœur.

Henri éprouve bientôt un sentiment qui jusqu'alors lui avait été inconnu. Gabrielle qui d'abord lui avait paru belle, semble l'être cent fois davantage...... Enfin n'étant plus son maître, ne pouvant vaincre sa passion, il lui fait l'aveu de son amour.

Gabrielle, flattée, sans doute, d'une semblable déclaration, mais sentant trop à quel danger elle s'expose en l'écoutant, veut s'éloigner, mais l'Amour et le Roi volent au devant d'elle et la ramènent sans beaucoup de résistance.

Pour ne point laisser son ouvrage imparfait, l'Amour s'arme de sa seconde flèche, et en blesse l'amante du Roi.

Henri, craignant de déroger à sa dignité, avant de se jeter aux pieds de sa maîtresse, observe s'il ne peut être vu de personne.

Le pouvoir de l'Amour ayant produit autant d'effet sur le cœur de Gabrielle, que sur celui du Roi, Gabrielle, surtout flattée de voir son Souverain à ses genoux, sollicitée d'ailleurs par le petit page, se laisse aller dans les bras de son amant, et tous deux se jurent un amour durable. Les pages couronnent de fleurs les amants, et leur font prendre place pour la fête qui va se donner. Les vassaux du Seigneur d'Estrées viennent saluer Henri, et déposer à ses pieds des offrandes.

Les jeunes amies de Gabrielle, dans un pas de deux, offrent des bouquets au Roi. L'alégresse devient générale. Sa Majesté enivrée de plaisir, se dispose à danser avec son amie, lorsqu'un bruit confus se fait entendre ; il redouble. Mornay, favori du Roi, vient lui annoncer que les Ligueurs ont surpris plusieurs postes, et que l'armée court de grands dangers.

Le Roi qui est désarmé et entouré de tous les symboles de la mollesse et des plaisirs, rougit de l'état dans lequel Mornay le trouve. Il demeure un instant honteux ; mais redevenant lui-même, il jette ces fleurs, gages certains de sa faiblesse, reprend son caractère, et demande ses armes.

Gabrielle, l'Amour et sa suite veulent le retenir, mais inutilement. Le bonheur de son peuple commande, il doit tout lui sacrifier.

Gabrielle veut s'attacher à ses pas, mais un regard du sévère Mornay la retient. Bientôt succombant à l'excès de sa douleur, elle tombe évanouie dans les bras de ses compagnes.

Henri, ne pouvant se résoudre à la quitter aussi brusquement, veut au moins lui laisser un gage de sa foi ; il prend ses tablettes, écrit ses adieux à sa noble amie, charge une de ses dames de les lui remettre, et sort en chérissant encore ses chaînes.

Cependant les soins prodigués à Gabrielle, la font peu à peu revenir de son évanouissement. Ne voyant plus son amant, elle est près de s'évanouir encore. On lui remet les tablettes que Henri a laissées pour elle ; elle les ouvre précipitamment, et y lit avec transport les caractères qu'il y a tracés, les embrasse et les pose sur son cœur ; mais cet instant de bonheur est bientôt troublé par le bruit de l'artillerie, que l'on entend dans l'éloignement. Chaque personnage reste dans une attitude différente, peignant l'inquiétude, la crainte et l'espoir. On entend battre la générale, nouvelle terreur. Gabrielle ne pouvant résister plus long-tems au désir qu'elle a de revoir son amant, et de partager ses dangers, veut l'aller joindre. Les dames de sa suite cherchent à la retenir par leurs prières, mais inutilement ; elle fait une seconde tentative, lorsqu'un roulement de tambours plus rapproché l'arrête. Un bruit de trompettes annonce la marche de la cavalerie. Une musique guerrière se rapproche ; la charge précipitée lui succède ; le bruit du canon se fait entendre de plus près et à coups redoublés. Les intervalles en sont remplis par une arquebusade animée.

Gabrielle et sa suite, ignorant la position des armées, se jettent à genoux, prient l'Éternel d'être favorable à Henri , et de rendre ses armes triomphantes. Elle ne tarde pas à voir ses vœux exaucés. Presque aussitôt le chant de la victoire se fait entendre ; et à ce chant succède l'air chéri des Français *Vive Henri IV*, ce qui ne lui laisse plus aucun doute sur le sort de son amant. Ces deux airs sont suivis d'une fanfare , qui est terminée par une walse , annonçant l'alégresse des soldats Royaux , et la défaite des Ligueurs.

Un officier du Roi se présente à Gabrielle , chargé pour elle d'une missive, dans laquelle son amant lui jure un amour éternel, et l'invite à se rendre à son camp , pour qu'il puisse la revoir avant de poursuivre ses conquêtes , et de se diriger sur Paris.

Gabrielle, attendrie jusques aux larmes, fait entendre à l'officier combien elle est sensible à cette marque d'attachement. Elle va se rendre aux vœux du Roi. L'officier présente la main à Gabrielle , les dames de sa suite et les pages l'accompagnent.

Fin du second Acte.

ACTE TROISIÈME.

Le Théâtre représente les mouvemens d'une armée active.

GABRIELLE est annoncée au Roi qui vole à sa rencontre ; il la présente à ses généraux et officiers qui la saluent, et tous prennent place sous la tente royale. Henri fait donner, devant Gabrielle, une fête militaire, dans laquelle quatorze jeunes chevaliers exécutent une danse armée, où ils déployent souplesse, grâce et légéreté.

Henri, avant de quitter Gabrielle, lui demande un gage de son amour. Son amante ôte une des plumes qui ornent son chapeau, et l'attache à celui de Henri, qui s'adressant à ses soldats, et ayant rassemblé autour de lui ses étendards, leur dit : que s'ils se laissaient jamais emporter par leur courage, et qu'ils perdissent de vue leurs enseignes, ce panache blanc leur servirait de point de ralliement ; qu'ils le trouveraient toujours au chemin de l'honneur.

D'un mouvement spontané et sur un grand bruit d'orchestre, tous les soldats lèvent leurs armes, et applaudissent leur Roi. Ils reprennent leurs rangs et défilent au pas de charge, devant Henri, Gabrielle, et les généraux qui terminent la marche.

Bientôt la marche est arrêtée par un trom-

pette parlementaire ; Henri le fait introduire ;
il est porteur d'un pli pour Sa Majesté ; il le
remet à Monsieur de Sulli, qui l'ouvre et annonce au Roi la soumission de Paris (1). Le
trompette sort, et rentre peu après, suivi de
plusieurs notables, députés de Paris, qui s'age-
nouillent devant le Roi, en lui présentant les
clefs de sa capitale ; ils sont suivis d'une foule
de peuple, qui vient se jeter aux pieds du Roi,
et déployent à ses yeux une bannière sur laquelle
on lit :

Le Français, délivré d'une Ligue cruelle,
Aux pieds de son vrai Roi jure d'être fidèle.

Henri, à qui une tendre émotion arrache de
bien douces larmes, oublie les torts de ses sujets,
ouvre ses bras paternels aux notables, et les
presse contre son sein ; il relève également les
paysans qui sont prosternés à ses pieds, et en-
gage le peuple et l'armée à célébrer cette heu-
reuse journée, par une fête générale.

Au dernier tableau, les Amours ont quitté
la scène, et se sont placés dans une gloire qui
regagne l'Olimpe.

FIN.

___

(1) Comme la bataille d'Ivry, remportée par Henri IV, a beaucoup
contribué au succès de ses armes et au découragement des troupes du
duc de Mayenne, on a donc cru pouvoir se permettre de terminer
ce ballet par la soumission de Paris (bien que cette ville n'ait été
prise que long-temps après), puisque c'est ainsi que s'est terminée
cette guerre injuste. D'ailleurs cela motive une fête, et l'ouvrage finit
d'une manière plus convenable.

www.ingramcontent.com/pod-product-compliance
Lightning Source LLC
Chambersburg PA
CBHW070914200626
46818CB00006BA/2517